KB008038

슬픔도 깊으면 힘이 세진다

전윤호
시집

슬픔도 깊으면 힘이 세진다

전윤호
시집

도서
출판 북인

이무기처럼 새벽에 일어나 시 쓰고,
자전거 타고 호수 한 바퀴 돌았다.
안개와 함께 외로워서 좋았다.
그렇게 얻은 시들을 보낸다.

보살펴주신 은사 최돈선 시인과
김현식 작가, 정용언 회장님께 감사를 보낸다.

2020년 6월

차례

1부

봄의 왈츠

함께 춤출 사람 있을까
세상 지운 안개 속에
다시 찾을 노래 있을까
나를 잊은 꿈 사라지고
두통만 남은 아침
짧은 머리 묶고 뒤꿈치 든 채
손을 내밀 사람 있을까
부모도 없고 형제도 없는
창문 밖은 추운데
남들은 모르는 걸음으로
호수 위를 미끄러지는
몇 장 남지 않은 악보들
이 안개 걷혀
입 없는 마을 드러나기 전에
함께 춤출 사람 있을까

상형문자

봄비가 창을 깨울 때 알았지
다시 만날 수 없다는 걸
당신의 저주가 휩쓴 거리
바닥을 뒹구는 마스크처럼
억울한 두 팔 벌린 바지와
켜진 채 잠든 기다림
어지러운 이별이 돛을 올리는
나는 파라오의 마지막 배
바다로 가야겠네 하늘로 오르는
내 몸은 이제 내장도 없고
후회는 꺼내 병 속에 담았으니
수천 년 봉인될 슬픔은
춘천 샘밭 어딘가 가라앉았네
부디 붕대를 풀 때
상심한 표정은 사라졌기를
우리 사랑은 그저 고대 왕국의
풀지 못한 그림문자였다네

겨울 샘밭

속 아플 때 빨아먹는 위장약처럼
안개가 들어온다 어쩔 수 없다는 듯 두리번거리다 찾아낸다
헐어버린 담 붉은 낙서 균열을 먹고 뻗어가는 덩굴들
속수무책으로 신음하던 겨울은 그제야 눈을 뜨고 바라본다
드문드문 불이 남은 낡은 아파트
수술을 권하는 의사처럼
땅을 사러 다니는 사람들과
월세를 올리려 잔을 권하는 주인들
그 옆에 강이 흐른다 모두들 잊고 살지만
낮은 샘밭에서 높은 서울로
공평하지 못한 강이 흐른다
수변지역은 국토부 관할입니다
머릿수 많은 동네가 우선이지요
덕분에 샘밭은 말라간다
몇 개의 러브호텔과 막국수집과 닭갈비집들이
주말만 바라본다
샘이 많은 밭은 누구에게 좋은 것일까
용종이 발견됐습니다 다시 검사하세요
닥치라는 듯 안개가 더 밀려온다
이제는 앞이 보이지 않는다

꽃 전사

봄이 지뢰를 밟아
사방에 꽃들이 터졌다
하얀꽃 노란꽃 분홍꽃
비명이 한창이다
다가가면 얼마나 많은 이야기들이
묻어 있을까
이름은 모른다 알고 싶지도 않다
지친 나는 낙오병
총도 철모도 버리고
집을 찾아 걸어갈 뿐이니
이 치열한 전쟁터에서
나와 상관없이
흐드러진 승리는 누구 편인지

고운 밥

신도 동네마다 이름이 달라
다르게 부르면 해코지하는데
밥은 사투리가 없다
이 땅 어디나 밥이다
함께하면 식구가 되고
혼자 먹어도 힘이 되는 밥
어떤 그릇을 놓고
어떤 수저를 펼쳐놓든
김이 오르는 밥 앞에 모두 평등하니
이보다 귀한 이름이 더 있겠나
논이 부족한 제주도에서
쌀밥은 아름다워 곤밥이라 부른다니
사랑하는 사람이여
우리 밥이나 함께하자

단단함에 대하여

가을 배추밭을 보면 안다
중심을 향한 마음이
겹겹이 뭉쳐진 것을
겉잎사귀 몇 상하더라도
흔들리지 않고
헐값에 넘겨져도
포기하지 않는 의지들
더러는 혁명을 품기도 하고
쿠데타를 품기도 하는 저 밭은
이제 겨울이면 버려져 눈을 맞으며
봄에 씨 뿌릴 사람을 기다릴 것이니
가을 배추밭을 보면 안다
내 안의 설움은
때를 기다리는 노란 고갱이라는 걸

마지막 모퉁이

비오는 날 자전거 탑니다
천둥 치는 길 어두울 때
아무도 모르게 안장 위에서 웁니다
번쩍이며 내리꽂는 원망들
누구는 개새끼라 하고
누구는 나쁜 놈이라 합니다
그래요 나는 당신의 근심입니다
실바람에도 흔들려
제멋대로 내달렸지요
그게 전부여서
멈추면 넘어지는 신세라
뒤돌아보지도 못했습니다
길이 잠기고
함께 가는 사람 없어도
비 오는 날 자전거 탑니다
아직 쓰지 못한 마음이 남아서
가난 때문에 잃어버린 사람이 많아서
여기가 끝인 줄 알지만
앞만 보고 달립니다

못난이 분재

지상엔 한 평도 가지지 못했지만
그저 국사발만 한 화분에
도지 내고 원고 일구는 처지지만
붉은 꽃 한 송이 욕심은 있지

먼 곳 볼 때마다 머리 잘리고
도망을 들킬 때마다 끊어지던 뿌리들
온몸을 철사로 꽁꽁 묶인
나는 누구의 분재인지

이 생에 아쉬움은 한 점도 없지만
묵정밭 옆에 지게 세울 때
마지막 힘을 다해 던져버릴
단단한 화분 하나 있으니 됐네

물속의 나무

겨우내 찬물에 발 적시며
아직 거기 있니
계모처럼 등 돌리는 봄
찬밥덩이 햇볕 꾹꾹 씹어 삼켜
푸른 싹 틔우고 있니
맨살에 부는 바람 서러운 헝클어진 머리
마음은 벌써 소양교를 떠나가는데
발목을 잡는 지긋지긋한 손들
냉골에 새우잠 자면서
아직 거기 있니
오리들 정답게 물살을 건너는데
두 손 겨드랑이에 넣고 울며
나 아직 거기 있니

병 속에 담은 편지

그래도 아직 편지를 써요
겨울은 너무도 춥지만
두꺼운 가죽 뒤집어쓰고
가끔은 밖에도 나가요
박달나무 지팡이를 들지요
만나는 모두가 위험하니까
눈을 마주치지 않는 게 요령
그리고 병을 앓아요
고열로 잠이 마르는 병
제정신이 아닌 글을 쓰기도 해요
어딘가에 있을 당신에게 던지는
뜨거운 편지
구조를 바라진 않아요
우리는 서로를 구할 수 없지요
다만 겨울엔 환기가 필요해
가끔 창문을 열 뿐
다시 만날 수 없어도 건강하길
푸른 병 속으로 편지를 넣어요

안개

요즘은 보기 힘들어요
멸종 위기라고도 하더군요
새벽이면 마을까지 내려와
멀쩡한 사람들에게도 덤볐지요
물리면 하얀 피가 나고
속이 들끓기 시작해요
그러다 입을 열면
하얀 연기를 뿜어내지요
점점 큰 짐승이 되요
온 세상을 뒤덮지요
전엔 흔했어요
저마다 속은 불타올랐거든요
지금 보려면 그늘을 찾아가세요
실속도 없이 달아오른 거리 위로
비 오는 오후가 적당하지요
족쇄를 찬 겁쟁이들 중에도
아직도 몇몇은 놈에게 물려
넘치는 분노를 입김으로 뱉고 있어요
아직도 자신이 노예인 줄도 모르는 도시에서
날이 새면 사라져요

서면 호수

오늘 저녁은 햇살 입자가 고와서
붉은 색이 잘 물들겠습니다
호수와 산이 하나가 되는 시간
귀가 서두르는 사내가 삽을 메고
다리 건너갑니다
어둠이 다가와 조용히 묻습니다
오늘은 어떤 씨를 심었나
누군가 음소거 버튼을 누른 저녁
혼자 노래 부릅니다
방금 지어낸
아무도 알아듣지 못하는 가락으로
그것이 하루의 예절입니다
매일 밤은 언제나 새로운 별이 뜨니까요

샘밭에 시가 내린다

떨어지자마자 사라질
작고 하얀 글자들이
무슨 미련이 남았는지
자꾸 내린다 쌓인다
신생아로 죽을 가엾은 시들
돌봐줄 겨울은 어디로 갔는지
시신을 만들며 트럭이 지나간다
악착스럽게 하늘이 구름을 젖힌다
나무 한 그루 사이에 두고
위 아래로 나뉘는 샘밭에서
순식간에 지나간다 시인 하나
콧구멍 다리 위에서
몸을 던진다

동면

겨울 오니 살겠네
푸른 손으로 춤추던 나무들
잠 속에서 울던 벌레들
따뜻한 척 손 잡던 햇빛도 떠났네

가구에 씌우는 하얀 천처럼
눈이 내리네 펑펑
그만 가라고 지워지는 기억들

이제 사랑은 사람에게 머물지 않고
남은 시간은 마지막 악보를 넘기니
이 얼마나 다행인지 겨울이 온다는 게
차가운 네 속에 얼어붙었네

봄눈

남에는 매화가 피고
목련이 흔들린다는데
춘천엔 함박눈이 내린다

크지도 않은 나라 가슴께
더 올라가지 못하는
슬픈 삼월이 다 가는데

먹구름은 이곳으로 모여
언제든 다시 찾아올
겨울을 잊지 말라 한다

벗은 들에 황망히 쌓이는 눈
금방 사라질 것들이
보는 사람을 부끄럽게 만들며
장렬하게 전진한다

삼월

암수술 받은 친구는
아직도 담배를 피우고
마음 다친 친구는
그릇을 빚는다
실연당했다고
강가에 틀어박힌 후배와
괜찮은 척 책 만드는 시인은
고인들과 이별 중
그날의 교통사고가
평생 되풀이되는 친구도 있고
집 짓다 빚 갚고 나니
늙은 친구도 있고
역질 막느라 소방서에서
대기 중인 친구도 있는데
봄이 온다 저 무성한 안개 너머
아침은 벌써 시작됐고
달력이 한 장 새로 찢기며
누군가 초인종을 누른다

감기가 오는 저녁

겨울 견딘 새들 호수 건너간다
성지 가는 순례자처럼
내 속 기나긴 길 되짚어가면
누구 무덤 있을까
언덕만 있는 여정
지칠 만하면 나오는 여관들
회고담만 남은 노인처럼
퍼도 퍼도 끝없는 기억들이
거대한 댐으로 잠겨 있는
혼자 걷는 우주
외롭지 않으면 별이 아니다
오늘은 지진이라도 나려는지
목이 아프다

2부

파르티잔

오늘도 안개와 싸우느라
아침을 잃어버렸어요
호수로 둘러싸인 이 도시는
병력이 무한정이지만
야윈 생각 몇 개로 숨은 난
햇볕이 모자라요
다리 건너오는 토벌군들이
샘밭으로 모여들고 있네요
소양댐에서 여우고개까지
안개의 십자포화는 멈추지 않아요
하지만 버틸 거예요
저들의 마음에 불을 지르고
새로운 옥수수를 뿌릴 테니까
마침내 빈손이 된 내가 투항하면
손을 든 등 뒤로 푸른 시들이 자라겠지요

사막여우

슬픈 꿈을 꾸었어
모래 언덕 사이로
눈발이 날리는 거야
해도 달도 없이
사방 어둡기만 한데
누가 울고 있었어

슬픈 날을 살았어
열매도 없는 나무들과
가시 달린 풀들
친구도 없이
천적들을 피해다녔지

가슴에 굴을 파고 사는 비밀이
나를 달리게 만들어
죽음이 걷는 소리가 들리고
안전한 방향을 찾아보지만
눈은 점점 쌓이고
세상이 젖어가고 있어

슬픈 꿈을 꾸었어
집으로 가는 길은 보이지 않고
살아 있는 것들이 너무 많아
사막은 이제 망가질 거야
분노로 땅속에 박히는 번개
내 귀는 소멸을 듣고 있어

샘밭 막국수

종일 뛰어다녀도 건진 건 없고
등 찌르는 손가락질이 무서운 저녁
허물어진 안개 자욱한 샘밭에서
웅덩이 같은 허기 발을 잡는다

서울사람 물 준다고
오억 톤 우울을 가둔 소양댐은
세상 쓸쓸한 유령들이
버스 타고 오는 종점

도대체 왜 그러고 사냐고
그대는 떠나고
언제든 불러만 달라 장담하던
휴대폰마저 꺼진 시간

어두운 마당 지나
노란 불빛 흔들리는 문 열면
어서오세요 인사 건너는 저 할머니는
이 동네 지박령

노을이 풀어진 막국수에 소주 한 병
대충 살지 못한 사람들이 지내는
오늘 하루 제사
국수는 지친 영혼이 들이키는 음복

이별 터진 고랑에 메밀 심고
슬픔 갈아 반죽 쳐대면
세상은 여기서 멀지만
지금은 겨자와 식초를 치는 시간
나는 아직 살아 있다

신매대교

봄볕을 맞으며 건넜지
반짝이는 건 강물인지 당신인지
출렁이는 시간은 석기시대를 지나
청동기를 지나가고
아직 응달은 추운 이른 봄
삼국시대의 매화는 피지 않았네
집 위에 집을 짓고
또 그 위에 집을 짓는 사람들은
어느 고인돌의 자손들인지
오리 떼는 고슴도치섬을 지키고
무너진 고구려 무덤 옆으로
자전거를 탄 사내들 지나가는데
호수를 가로지른 다리 건너면
삼천 년 헤어진 사람은
어디쯤에서 다시 만나는지
멀리 화천으로 나가는 터널 속에서
날개 달린 말 한 마리 달려오네

부정 탄 봄

기침이 깊어지자
쿵쿵 문이 열리고
떠난 사람들 보인다
비워지지 않는 끈적한 기억
감기는 더 견디기 힘든 마음이
청하는 용한 무당
둥둥 북 울리고
작두 위로 오르는 후회가 꽃필 때
내 머리 가르고 하늘로 오르는
당신을 본다
아직 아플 사랑이 남았으니
또 한해 부정탈 봄이 오겠다

소양3교

건너면 환할까요
활짝 연 시장엔 화분이 늘어서고
기차가 울 때마다 한 잔씩 건배하는
가게에
그녀가 기다릴까요
먹고살기 힘들어 연체한 자들이
골목에 숨어 떠는 밤
겨울인지 봄인지 모르는 나무들
아직 맨살인데
건너면 환할까요
대형마트엔 먹거리가 할인 중이고
월세를 받지 않는 주인들과
내일이 무섭지 않은 임차인들이
평하는 소리와 함께 근심도 날릴까요
내일 중지될 신용카드 같은 마음은
얇기만 한데
건너면 환할까요
돌아가지 않아도 될까요

소양댐

영하 십칠 도의 아침
29억 톤짜리 악몽에서 깨어
서리꽃 핀 산을 바라본다
123미터도 부족한가
평생을 가둬놓기엔
자갈과 모래로 다진 530미터 벽 아래
여전히 얼지 않는 저 거대한 슬픔
강으로 흘리는 눈물 천 리를 가는데
후회로 묶여 흔들리는 배 한 척
이제는 알겠다 사랑하는 사람이여
평생을 돌아오지 못한다 해도
슬픔도 깊으면 힘이 세진다

소양사

계절마다 네가 머무는 절
한 발씩 늦게 찾아가면
출렁이는 범종이 우는 물결
바람이 경 읽고
나무가 절하는 산문 아래
지나온 길들 떠내려가는데
허공 오르는 배가 기다리는 절
수십억 톤 후회가 흘러
발전기 돌리면
사방 환한 볕
어느 목탁 속에서 맞절하며
우리 다시 만날까
까마귀 까악까악
깊은 법당 속으로 날아간다

환한 이별

벚꽃이 이리도 환하게 지다니
오늘은 이별이 있어도 되겠네
차마 손 흔드는 가지에서
젖은 길바닥까지
하얀 이 드러내고 웃는 꽃잎들
세상이 이리도 예쁘니
슬프다 울 수도 없겠네
이제 낡은 다리 건너 떠나니
그대는 맘 편히 열매 맺으시라
잎 지는 가을 돌아와 꼭 껴안고
얼어붙어 겨울을 함께하겠네

오미나루
— 이만재에게

예전 자전거는 뒤에 자리가 있었다
아버지는 아이를 태우고
형들은 애인을 태웠다

어제부터 의식불명이라기에
오늘쯤 이 강으로 돌아올 줄 알았다
산 것들은 대처를 찾아 내려가지만
떠나는 자들은 돌아오는 법
네게 육신이 없으니
나만 앉는 자전거에 탈 수 있겠다

소멸이 두려워
거짓말을 꾸미지 않아도
우리는 그저 돌아갈 뿐이다
들어왔으니 나갈 길도 있겠지

학교가 멀어 먼 길을 걷던 네게
이 강을 거슬러 오르는 길은
혼자이게 싶진 않구나

우리의 도시는 물 위에 떠 있고
다시 돌아갈 수 없지만
복면을 쓴 시간이 손을 흔드는
이 나루가 마지막으로
더 이상 서럽지 않기를

안개 영농법

일단 밭을 비워주세요
사람 손 탄 물건도 치워주세요
고양이 한 마리 어슬렁거려도 좋고
느닷없이 까마귀 울어도 되지만
심은 풀은 없는 땅이 좋아요
꼭 밭이 아니어도 되요
안개 내려와
지상의 모든 생들을 소독할 때
강물 속에 숨겨진 분무기 돌아가는 소리
자전거 탄 슬픔 하나가
무례하게 지나가면
올라오는 새순들이 속삭이죠
올해도 시간은 검은 잉어를 키운다고
일단 말을 참아주세요
침묵하면 더 좋아요
안개는 하얀 알들을 파종하고
조용히 떠나니까요
그러면 안개의 자식들이 일어나 얼굴을 씻고
출근하는 아침이지요

열매의 내력

꽃은 나무의 상처
불 탄 자리 환한 가지

그대 오지 않고
여름까지 울다

흉터 위에 붉게 부푸는
저 자두

어디 거저 생기는
세상이 있겠나

왕벚나무

자전거 탔지 잊어보려고
페달 밟을 때마다 이가 시리더군
길가의 꽃들이 햇살 속에서
녹지 않으려 버티는 사월
한사코 떠난다니
영문을 모르는 나는 우수수
제일 큰 가지가 꺾였다네
소양댐 왕벚나무 아직도 늦은 잠 속이니
조금 더 기다려주지 않겠나
푸른 호수 바라보며 손잡고
물속의 종소리 듣고 싶으니
아무리 남는 게 익숙한 나라도
이별은 참 오르기 힘든 고갯길이라네

착한 밤

아무도 거짓말하지 않는 착한 밤입니다
지하주차장 가득 찬 겨울
노숙하는 자동차 위로 불꺼진 창들
아무도 울지 않는 착한 밤입니다
어둠이 두려워 노래 부르며 걷습니다
늙은 권투선수처럼
이번에 넘어지면 다시 못 일어나겠지요
왜 추울수록 별이 더 잘 보일까요
북한강은 점점 더 깊어집니다
아직도 끝까지 가보지 못했습니다
자작나무숲 지나 어디쯤에선가
길 잃고 동해를 만나지요
마지막 잔은 남기고 외투 걸치는 사람 위해
갑자기 안개 깨어나고
실패가 두렵지 않은 착한 밤입니다

한밤의 자전거

길 잃고 밤까지 달리다
가로등 점점 사라지고
강이 희미해지더니
바퀴도 보이지 않는 길
사슬 끌리는 소리와
가쁜 숨소리만 남았다
방금 건너온 다리는 어디로 가는지
어둠이 점점 짙어지면서
대학 동창 하나 스쳐간다
부동산에 재미 들려 살다
작년에 병으로 죽었는데
미처 멈추지 못하고 모퉁이 돌자
술집에서 싸우던 날들이 보인다
시가 아니면 주먹질도 마다않던
나는 어느 구석에 있었을까
거리 하나 지나자 찻잔 앞에 우는 여인
미안하다 어리석음에
너를 잡았구나
겁먹은 눈으로 바라보는 어린 아이들
어쩔 수 없이 보낸 고양이들

길은 갈수록 험하고
멀리 아버지 집이 보이는 고샅길에서
자전거를 세운다
버드나무 홀씨 날리는 저곳은
무너진 갱도처럼 길이 없으니
이쯤에서 돌아가야지
길은 언제나 끝난다
콧등 시린 한밤의 자전거
방향도 못 잡고 하얀 꽃잎 밟으며
달린다 그저 달린다
멈추는 법을 알지 못한다

풍물시장*

이별이 우리를 만들지
탯줄 자를 때부터
아물지 않는 상처
가려지지도 않고
낫지도 않아
그저 참다가
또 다른 이별을 살지
누구를 만나도 행복하진 않아
이 깊은 어둠 속에서
헤엄치다 가라앉을 뿐이지
잘 가렴 아직 즐거운 사람아
어느 날 아픔이 찾아오거든
이곳으로 오렴
기찻길 아래 선술집에는
재갈 물리는 녹두전과
진통제를 마실 수 있단다

* 풍물시장 : 남춘천역 아래 있는 시장.

52

하중도

내일은 눈이 온대요
강둑을 덮고 길을 지우겠지요
오래 전에 찍은 흑백사진처럼
당신이 파헤친 내 무덤 위로
내일은 눈이 온대요
까마귀 날아와 앉을까요
유령들 모여서 춤출까요
오늘 갑자기 떠올라
하루 뒤면 잊히는 섬
내일은 눈이 온대요
버려진 나루엔 침묵이 흔들리고
서러운 갈대들 툭툭 꺾어지겠지요
제 갈 길만 아는 이 강은
도대체 언제 얼어서
나를 쉬게 할까요

3부

시인

시인은 어떤 사람인가요
네가 물었지
네가 쓴 몇 편의 시도 보여주었지
내가 지나온 골짜기와 강들이
고스란히 남아 있더군
끝없이 추락하던 골목
울며 지새던 다락방까지
사람들을 믿지 마
살기 위해 연기를 하니까
세상에 대한 꿈도 버려
한 장 들춰보면
합판으로 덧댄 세트장일 뿐
그날 밤 내내 가슴이 아팠네
네 걱정에 밤을 지새우는 사람이
시인이야

라스베가스를 떠나며

주정뱅이는 아니었네
실연도 당하지 않았지만
언제나 지는 패만 들고 있었지

이 도시로 들어올 때
손가방엔 못 쓰는 자존심만 잔뜩
만나는 사람마다 적으로 보였어

인생이 승부라면
지는 쪽에 시가 있어
어쩌다 주머니가 두둑해지면
마음이 불안했다네

우리의 마지막 결산은
이승에서 하지 않으니
불빛이 먼 사막에서 신기루 쫓아
달 보며 걸었지

행운은 귀 큰 여우처럼 날쌔고
선인장처럼 웃지 않으니

이제 또 떠나려네 낡은 트럭 타고

다음 사막에서는
제정신으로 살다가
실연도 한번 만날 수 있기를

불온한 겨울

샘밭에 눈 내리고

희망은 아직 냉골인데

맨머리로 콧구멍 다리 건너오는 그대

다져진 침묵이 수문을 열면

난 불온한 시를 쓴다

봄비

당신 떠난 상처 위로
소금 같은 비 뿌리네
미처 우산 펴지 못해
맨땅에 부딪쳐 깨지는 꽃잎들
곡기 끊어도 주리지 않고
잠 못 자도 졸리지 않은
비 내리네 벌겋게 부푸는 생채기
어제는 침몰했지 내 안 밑바닥
와불처럼 비스듬히 누워 비를 맞네
다시는 떠오르지 않을 참이네

샘밭에서 산책하기

11층까지 안개가 올라온 아침
산 지 한 달쯤 되니 벽이 말을 건다
그렇게 살아도 되나
나가서 산책도 해야지
빈 술병 가득찬 봉지 들고 내려간다
저 지독한 기억 속으로
다리 지워진 강은 거꾸로 흐르고
먼저 떠난 이들이
댐 밑에서 불을 켜는 시간
앞서가는 잔등이 어쩐지 익숙하다
걸음으로 거리를 맞추며
당신은 날 기다렸는가
모퉁이 돌 때마다 하나씩 늘어나는
이별들
손을 잡아끄는 마지막 장면들
달아난 건 언제나 내가 먼저였다
더 갈 수 없어 의자 찾아 앉으면
멈춰서서 기다리는 사람들
이제 그만 가시라 나는 돌아갈 테니
향 냄새 풍기는 안개 속에서

뜨거운 기침이 목을 타고 오른다
돌아가면 보일러 잔뜩 돌리고
뜨거운 물속에 들어가야지
중얼거리는 사이 사방은 더욱 하얘지고
여기저기 그림자들이 늘어난다
나는 갇혔다
멀리 버스 오는 소리 들리는데
나가는 길이 보이지 않는다

안개곰

우산만한 외로움에 호수 걷던 이가
모퉁이 돌아가는 등허리 보았다지요
무엇이 그리 바쁜지 불러도 돌아보지 않고
슬픈 울음소리만 남겼다지요
종일 종종거려 침침한 눈으로
풍물시장 좌판에서 막걸리 따를 때
이 빠진 사발에 얼비치는 얼굴이
영락없는 곰이었다지요
춘천은 다리가 많아 서러운 도시
한번 잃어버리면 다시 만나기 어렵지요
만천리 어디쯤 갈아엎은 양파밭
기나긴 발자욱이 지나갔다고도 하고
당신이 외면하고 기차를 탄 역 아래로
매립용 쓰레기봉투들 사이에서 잤다고도 하더군요
저마다 먹고살기 바쁜 날들이지만
창문 닫고 불 끄기 전에
골목 한번 돌아봐주기를
당신이 잠든 사이 안개곰은
페달을 밟으며 떠나가고 있어요

안개 연대기

한밤에 깨 창밖을 보면
어둠보다 깊은 안개가 일어나지
점점 번져서
새벽에는 세상을 가리는
내 속에도 어둠이 있어
탯줄과 함께 건너온 어둠
함께 자라고
나이 먹을수록 짙어지지
아직은 갇혀 있지만
점점 안개로 변하고 있어
내 안은 이미 지워져
아무것도 없지
보이는 것만 믿지 마
진실은 더럽고 위험해
언젠간 하늘로 입을 벌리고
안개를 뿜어댈 거야
나보다 커진 어둠
규칙을 무시하고 도시를 지우는 안개
사라지지 않아
잠시 숨어 있을 뿐
오늘 가로수들 하얗게 머리가 세었네

안개의 근황

어둠의 창살이 다 부러져
날이 밝기도 전에
기억도 나지 않는 꿈에 질려 깹니다
낡은 아파트 천정에 폭포가 흐르고
바람벽엔 무지개가 떠 있네요
간신히 일어나 불 켜면
처음 눈에 들어오는 모습이 시가 됩니다
물 한 잔 마신 책상이 부르면
배가 고파지는 정오까지 잡혀 있지요
오늘은 그런 대로 썼으니
밥을 먹습니다
소양댐을 오르려면
한 그릇은 비워야지요
높은 고개가 부담스럽지만
자갈과 모래를 지고 날랐을 사람들을 생각하면
가쁜 숨도 사치입니다
물에 잠긴 마을들 밥 짓는 연기 피울 때
괜히 서러워 양구로 배 한 척 띄우고
이별이라도 한 양 눈물지으면
천지가 안개를 뿜어냅니다

내 몸이 하얗게 지워져

거울이 찾지 못하니

잠드는 밤까지 아무도 참견할 수 없는

자유시간입니다

오래된 정원

아버지 집에는 라일락 나무가 있었네
지금은 사라진 마당에
봄이면 향기가 먼저 오고
문을 열면 꽃이 피었지
아무도 들여다보지 않던
연탄불이 꺼진 방
조퇴하고 누워 있으면
나뭇가지가 이마를 짚어주었네
나와 자던 고양이가 올라가던 나무
그 앞에 서면 우주가 나를 반겼네
아버지 집에는 엄마가 없었네
라일락 나무가 내 방 앞을 지켰네
봄이면 아직도 열이 오르고
몸살을 앓는데
아버지 집은 내 안에 있어
기침할 때마다 라일락 향기가 올라온다네

이 별의 속도

꽃잎이 진해졌으니
곧 떠나겠네요
불탄 자리 같은 나무가
이별을 말하지요
당신은 어디서 흔들리고 있나요
하루가 아쉬운 달빛이
찻잔 속에 일렁이네요
차마 가지치기 못한 마음에
어둠이 벌어지고 있어요
탁자에 꽃잎이 무성히 쌓이면
찬 비 한번 더 실하게 내리고
아무도 없는 그늘에
자두가 열리겠지요
여름 속에서 건강하세요
기다리기엔 이 별은
너무 빨라요

춘천역

근심하는 사람이
기차 타고 온다기에
소양교 건너 마중나갑니다
청하지는 않았지만
잊을 만하면 나타나는
그는 손님입니다
명동에서 소란도 피우고
풍물시장에 진열된 슬픔을 구경하다가
무례하게 어깨를 툭 칩니다
지금 행복해?
북한강이 호수에서 머뭇거릴 때
춘천역은 서울 가는 기차 품고
안개 속에 서 있습니다
내일은 누가 또 내릴까요
두렵지는 않습니다
문이 열리면 내리는
나도 당신의 근심이었지요

젖은 샘밭

비 내리는 소양강 보려
우산 들고 걸었다
춥지 않은 2월
겨울 넘긴 어린 고양이 지나가고
사람들이 비워놓은 거리는
맨얼굴로 웃고 있었다
내가 사는 아파트와 과수원 사이
특수학교로 노란 버스 지나가고
붕어빵 아줌마 홀로 불 밝힌 오후
내가 쓴 시보다 아름다웠다

하얀 새

울음소리에 깨니
창밖은 온통 안개
하얀 새떼가 날고 있다
젖은 부리 젖은 눈
흐르는 날개

눈이 없는 새는 알아보기 어렵다
다른 색이 없어
그냥 안개가 내린 줄 안다

한기 오억 톤 소양댐에서
밤 지새고
샘밭으로 내려와 먹이 찾는다
낡은 아파트 베란다에서 풍겨 나오는
우울한 냄새

강은 낮은 춘천에서
높은 서울로 불공정하게 흘러간다
수변지역은 국토부 관할
주민들은 손댈 수 없다

물이 많은 동네에서 농사는 집어치고
러브호텔 몇 개와 막국수집 닭갈비집
전망 좋은 카페는
주말만 기다린다

새들은 점점 더 번성한다
해가 들어오지 않는 창을 보며
주민들은 불안하다
이제는 새들을 알아보는 사람들이 늘어난다

눈이 없는 새들이 집을 팔고
이삿짐을 옮기는 오후
마을엔 구부정한 노인들이 남아
돈으로 바꿀 고물을 찾아다닌다
끼룩끼룩
종일 시끄럽다

흐르는 마을

그 주소로 편지를 보내지 마세요
동면은 끝났으니까
어제는 편지를 읽지 못하지요
당신은 몇 개의 동면이 있나요
우주선이 긴 항해를 할 때
선원들은 인공 동면을 한다지요
깨어날 때마다 다른 은하계라니
나도 그랬으면 좋겠어요
고향에도 동면이 있었지요
관광지구로 묶여
새 집을 지을 수 없었던 약수터
동면은 이제 없어요
관광객을 위해 이름을 바꿨지요
나도 없어요 당신을 위해 떠났으니
그 주소로 편지를 보내지 마세요
나는 벌써 다른 별이니까요
봄내는 굴을 무너트리고
우리는 새로 난 다리를 건너 떠나요
돌아올 수 없지요
이 얼마나 다행인가요

동면은 잠시 항해 중이지만
깨어나는 자만 받을 수 있는
참 아름다운 마을이지요

해장아파트

평생 취해 살다
속 버리고 이사온 동네
휘청거리는 안개 자욱하고
푸른 소주병 굴러다니는 바람
이제 술을 끊어야겠네
내 속을 다 들여다봤으니
취하지 않아도 잠들고
한밤에 목마르지 않더군
이유 없이 시비 걸고
뒤에서 욕하지 않는
늙고 지친 주민들끼리
승강기 기다리는 일 층에서
따뜻한 인사 나누네

비 오는 가을

옆자리에 그림자를 앉히고
소양댐으로 간다
대궁만 남은 밭 사이
문을 잠근 집들
한낮에도 불을 켠 자동차들이
어깨 들썩이며 달아나는
다리는 이제 곧 사라진다고
지붕을 두들기는 비
너는 지금 어느 바다에서 태풍을 만드는지
수문이 열리길 기다리며 바라건대
나 떠난 겨울 그리워하는 이가 없기를

십일월

내가 아는 사람은 모두 떠났다
아무도 모르는 거리에서
허공을 과적한 트럭처럼 휘청거려도
밥집들은 제 시간에 문을 닫고
건널 수 있는 다리가 없다
눈물로 모인 호수는 망자들의 집
놀라게 할 가치도 없는 사내 하나쯤
제방에 앉아 노래하면 어떠리
음정도 안 맞는 돌팔매로
제 얼굴을 맞추면 또 어떠리
내가 아는 사람들은 모두 떠나고
맨 끝자리에 혼자 앉은 조문객으로
이 가을이 또 저무는 것을

4부

바람 자전거

호수에 바람 센 날
자전거를 탑니다
문단속한 집들은
등 돌리고 앉았는데
맞바람에 넘어지기도 하면서
자전거를 탑니다
저기압과 고기압이 싸워
봄바람이 미쳤다네요
꽃들이 아직 안 피어 다행입니다
흐름을 거스르는 물결이
새들을 날리는데
자전거를 탑니다
한 모퉁이 지나면
등바람이 되겠지요
넘어진 강변에 긴 의자 하나 있어
잠시 쉽니다
벌써 봄도 나처럼 지나가는 중입니다

멈춘 것을 위하여

자전거처럼 정직했으면 좋겠어
힘들게 언덕을 오르면
쉬운 내리막길이 나오는
자전거처럼 달리면 좋겠어
뒤돌아보지 않고
멈추지도 않는 직진
자전거는 자전거를 사랑하지 않고
자전거는 자전거를 속이지도 않아
자전거는 페달을 밟으면 달릴 뿐
자전거는 자전거를 죽이지도 않지
이 길은 어디까지 이어질까
자전거처럼 사라졌으면 좋겠어
안개 낀 모퉁이 돌아 호수 옆길쯤에서
바퀴를 멈추고 가라앉으면 좋겠어
자전거는 녹스는 걸 두려워하지 않아
아무 그늘에서도 말없이 기다리지
자물쇠를 풀어주지 않겠니
그러면 너에게 안장을 내어줄께

감자꽃

그림자만 끌고 다니는 사람에게
감자꽃은 너무 환하다
봄볕에 얼굴 태운 북한강이
흰 이 드러내고 웃는 저녁
길은 나와 네 생각뿐인데
어제는 길고양이 같아
불안하게 서성이다 사라지고
빈속에 감자밭만 나타나
고랑에 줄을 지어
젖은 내 얼굴 비춘다
감자는 어쩌자고 저 밝은 빛을
땅속에서 끌어올리는 걸까
너무 환해서
함부로 슬퍼할 수도 없는
감자꽃은 너무 환하다

그 해의 돌림병

겨울이 와도 강이 얼지 않고
그림자 없는 사람들만 남았다
대처로 떠난 아이들은
돌아오지 않고 새해가 시작되었지만
아무도 내일을 믿지 않았다
과거의 유령이 판치고 다녀도
아무 말이나 내뱉어도
사람들은 구석에서 박쥐를 거래하고
제 지갑만 챙겼다
바다 건너 돌림병이 돌았지만
마스크도 쓰지 않은 환자들이
돌아다니며 침을 뱉는 거리에
희망이 하나둘 맥없이 쓰러졌다
겨울도 오지 않았으니
봄은 더욱 멀었다

OST

남의 이야기에 묻히고 싶어
시작도 끝도 아닌
중간에 대충 나오고 싶어
어차피 주인공이 아니니
인상적인 부분도 없고
슬픈 죽음도 없겠지
그래도 노래는 청승맞게 부를래
어떻게 끝내야 할지 고민하는
빠른 박자는 취향이 아니야
댐이 막은 강처럼 느리게
안개도 좀 피우면서 흐를래
노인은 암에 걸려도
오래 끌 수 있다지만
아버지는 너무 힘겹게 떠났지
마지막까지 남는 건 재수 없어
찢어버린 복권들
떠나버린 사람들
남의 이야기에 묻히고 싶어
아무도 모르는 노래가 되고 싶어

강에게

멀리 왔다 생각했는데
문득 돌아보면
어느 틈에 곁에 있더군

한 구비 멀어져도
헤어지지 못하는
우리는 또 어둠을 두고 앉았네

자빠지며 쓸려 내려온
이제 나는 늙은 주정꾼
내 몫을 다 마셨으니
제대로 이야기할 만하겠네

누가 먼저 떠났니
웅덩이로 썩어가는 이 도시에서
어느 번개 치던 밤
어깨 덜컹거리는 기차 타고

오래 바라보아도
알 수 없는 네 마음

힘들면 내게 기대렴
나는 다 마셔버렸으니
더 탕진할 아픔이 없어
너에게 두 팔을 벌리네

기별

역병 도는 마을 지나 강은 흐르고
사람 없어도 꽃은 핀다
마스크 하고 걷다 쉬는 자리
한 그루로 완전한 나무처럼
새 봄이 되고 싶다
독방에 갇힌 별들 깜박이는 밤
좌표 잃은 우리는 서로
어디쯤 흘러가는지
보고 싶다 속삭이면 새가 날고
젖은 편지 위로 꽃이 진다

달빛사

장마가 헹군 밤이
터무니없이 맑아서
월곡리로 갑니다
별이 떨어진 골짜기
당신 먼저 와계신가요
달빛은 새끼손톱에 박히고
구불구불한 길 하늘로 뻗었는데
이렇게 환한 세상
우리는 여전히 떠돕니다
이곳엔 옥이 묻혀 있다지요
바위에 스민 달이 옥이 되듯
내게 자라는 설움도 광맥이 될까요
당신은 천 년 뒤에나 찾아와
내 마음을 채굴할까요
아직 남은 불빛이 깜박이는 시간
돌 위에 돌을 얹습니다

도깨비아파트

뭐든 오래 묵으면 변하는 법
낡은 아파트는 이제 그냥 아파트가 아니다
하늘에서 떨어지는 장엄한 폭포 소리로 시작되는 하루
눈 뜨면 바람벽에 무지개가 걸려 있다
복도식 구조를 날아다니는 아이들 웃음소리
유치원 버스 시간에 쫓긴 엄마가
철문을 쾅 닫는 소리마저 정겹고
어서 오라 덜커덩덜커덩 잔소리하는 엘리베이터
동마다 출입구가 열려 있어
수시로 띵동 벨을 누르는 기쁜 소식들
찬양하라 즐거운 날들
입주민이 경비이고 청소원인 작은 아파트는
갑질이 있을 수 없고
하루만 안 보여도 안부가 궁금한 노인들에게
고독사는 먼 나라 얘기다
큰 마트보다 조금 비싼 채소들과
버스를 타려면 더 걸어야 하는 불편함과
입주민이 아닌 주인들만 참을 수 있다면
모두가 가난해 평등한 공동체
섣부른 재개발 이야기는 금칙어

시청 앞은 아수라장이 될 테니까
도깨비 화나면 아무도 못말린다

문을 닫으며

낡은 탁자는 두고 간다
가져가기엔 무겁고
둘 곳도 마땅치 않으니
뒷사람이 쓰겠지
남겨진 방을 탁자 혼자 지킨다
햇살이 들어와 반짝이고
구름이 그림자를 남긴다
저 탁자를 비워둔 적이 없었는데
그 위의 물건들은 대부분 버렸다
쓰임새가 존재를 가리는 삶
어둠 속에 혼자 남았을 때
사람들은 내게서 무엇을 기억할까
탁자는 네 발로 굳건히 서서
나를 바라본다

바다 공소

조금 울고 싶어 바다로 갑니다
아이를 죽였어요 실수였지만
오늘은 흐리고 비가 오겠어요
기관지 타고 오르는 먹구름이
종일 쓴 비를 내리면
몸에서 비린내가 나기 시작하지요
잡히지 않아도 벌은 시작되니까
아이는 아직도 내 안에 묻혀 있어서
조금 울고 싶어 바다로 갑니다
등대 앞에서 투신할 용기도 없고
경찰에 자수할 양심도 없으니
평생 조금씩 썩어가면서
밤마다 흑백영화를 다시 돌리지요
당신은 어떤가요
아직도 향수를 뿌리며 살고 있나요
우리에게 사면은 없지만
바다로 가는 자리 하나 비어 있어요

동면에 내리는 비

찻주전자 끓는 소리
밤새 들렸어
덖은 잎새로 뒤척이다
새벽에 깼지
내일까지 비 올 거야
소양댐이 퉁퉁 불겠지
우산 잃어버리고
묵묵히 비 맞는 기억들
지내리 지나 월곡리까지
맨 머리로 걸어간 사람은
물 뚝뚝 떨어지는 소매로
아침을 캐겠지
그래 알고 있어
이 모든 사달은
등 돌린 네게 태풍이 온 탓이지
함부로 떠난 내가 벌 받는 중이지

무서운 연애

잊을 만하면 헬기가 지나가는
샘밭에서 잊히는 사람은 없다
솔직하지 못한 연애는
수직으로 이륙하지 못하니까
소양댐 만수위에 걸려 가라앉는다
지웠다고 믿지만 숨겼을 뿐
안개는 메모리를 되살리고
우리는 피고가 되어
고개 숙이고 강둑을 걸어간다
저 끝에 그 사람이 기다리는
처형대가 있을 것이다

겨울

내가 당신을 사랑했다면
아무도 몰랐으면 해
새벽 유리창에 암호로 써놓던
입김들 곧 사라져버려도
지난 왕조의 유물처럼
다시 나타나는 이름
내가 당신을 미워했다면
아무도 몰랐으면 해
우물 얼리는 설움과
마음 무너뜨리는 폭설로
영원히 가뒀으면 해
묶어놓았던 강이 풀리고
까마귀들 날아오를 때
목청껏 불러보는 사람
내가 당신을 사랑했다면
떠나는 내 뒷모습은
아무도 몰랐으면 해

겨울 하늘

별들은 서로 만나지 못해 빛난다
어쩌다 전화기 들어도
서로 다른 말로 독백
별들은 혼자여서 살아 있다
이끌림은 충돌을 만들고
결국 산산조각 나 블랙홀로 사라질 뿐
그리움은 궤도 위에 위성으로 띄우고
차가운 태양을 맴돌다 식어간다
푸른 멍이 잠긴 바다는 춤추고
눈이 큰 새들이 나는 하늘
우리는 밤마다 라디오를 켜고 운다
새로운 은하계에서
몇 억 년 후에나 만날까
별들은 어둠 속에서 먼 길을 떠난다

물속의 자전거

마지막 기억은 춘천이었으면 해
평생 끌고 온 자전거
발을 멈추면 쓰러지는 한 생이
공지천 휘돌아 언덕길에서
환히 웃는 너 잠시 돌아보고
낚싯대 여러 대 던져놓은 친구들을 지나
텅 빈 중도 배터 위로
사라졌으면 해
봄비 내려 꽃바닥이 젖고
저녁이 오기 전 안개가 오르면 더 좋으니
평생 무게를 견딘 바퀴들에게
바람 좋은 의암댐을 건너는 기쁨을 주고
페달 밟는 소리만 척척
어둠속으로 달려갔으면 해
참 길었던 날들
좋은 일은 적었지만
포기하려면 나타나던 사랑들
이제야 안장 위에서 고맙다는 말을 전해
내가 그리우면
서면 자전거길 어디쯤

밭에 갇힌 고려 삼층탑을 둘러보렴
천지가 감자꽃으로 환하고
오리가 자맥질하는 호수에
자전거 하나 물결 위에 서 있을 테니

민물뱀장어
— 전상현에게

종일 자갈 깔린 바닥 찾아
몸 숨길 바위도 마땅치 않네
배가 검어지는 시월은
바다로 돌아가야 하지만
댐들이 막은 지 오래
산란 못하는 보름달에 노래 없는 춤추지
강을 뒤집으며 작살로 찌르는 세월
내 몸 몇 토막 내 석쇠에 올리려는 소문들
죽을 때까지 혼자인 게 서럽진 않아
깊은 바닥에 사는 자도 있고
여울에 휩쓸려 사는 떼도 있는 게 세상이지
지렁이가 묵으면 뱀장어가 된다는 사람들은 몰라
어느 천둥 치는 날 하늘로 오른다는 걸
그때 기다리며 온몸으로 시 쓰네
아직 수정 못한 검푸른 연애시

슬픔에 직립한 문장들,
혹은 봄의 탄력처럼 다시 충만해지는

박성현/ 시인

1

전윤호 시인의 문장은 놀랍게도 시인 자신으로부터 물러나 있다. 밤의 사물들이 정적 속으로 물러나 주위의 빛과 소리들을 더욱 환하게 열어놓는 것처럼, 그의 문장은 존재들을 온전히 받아들임으로써 그들의 실존을 스스로 증명하게 한다. 물론 시인의 문장은 자신의 삶에 대한 태도와 이념, 지향과 생각들이 강하게 스며든 생활세계 그 자체라 할 수 있지만, 그는 이 같은 통상적 언어세계를 반성하고 성찰하며 돌려세움으로써 자신의 문장을 완성해왔던 것이다. 시인은 물러나 있다. 산책하듯 투명하고 고요히, 존재들에게 자신의 곁을 내어주며.

그런데 그의 '물러남'이란 자기를 돌아보고 마음 쓰며 자신에게 집중하는 침잠과 고립이 아니라 자신을 지키면서도 타자들을 받아들이고 완전히 스며드는 몰입과 매혹이다.

시를 쓸 때도, 그렇지 않을 때도 타자를 향한 그의 몰입과 매혹은 명백하고 또한 강렬하다. 그는 "더 갈 수 없어 의자 찾아 앉으면/ 멈춰서서 기다리는 사람들/ 이제 그만 가시라 나는 돌아갈 테니/ 향 냄새 풍기는 안개 속에서/ 뜨거운 기침이 목을 타고 오른다/ (중략) 멀리 버스 오는 소리 들리는데/ 나가는 길이 보여"(「샘밭에서 산책하기」)지 않는다고 말할 정도다. "쓰임새가 존재를 가리는 삶"(「문을 닫으며」)이라도, 다시 말해 일상으로 퇴락한, 도구화된 존재들의 눅눅한 바닥이라도 그는 마다하지 않는다. 그는 물러나며, 곁을 내어주고, 기대라고 물끄러미 어깨를 비우는 것이다. 때문에 우리는 시인의 '물러나-있음'에 대해, 타자를 향한 시인의 무뎌진 감각들을 새롭게 복원하는 과정이자, 타자로부터 흘러나오는 세계 의미들의 미세한 실존을 총체적으로 다시 쓰는 일로 규정할 수 있다.

그의 언어는 생활세계를 감추지 않으며, 그렇다고 비켜가지 않는다. 그의 시는 우리가 살고 있는 이 생활세계에 직립하고 있으며 우리에게 말을 걸어오는 모든 타자들 혹은 사물들의 실존을 의미 없이 흘려보내지 않는다. "가을 배추밭을 보면 안다/ 내 안의 설움은/ 때를 기다리는 노란 고갱이"(「단단함에 대하여」)라는 문장처럼, 그는 '노란 고갱이'와 직접 대면하면서 그것의 충만한 의미를 낱낱이 드러낸다. "나로부터 발해지면서도 나를 넘어서 나에게로 오는"(하이데거) 이 타자들의 중단 없는 밀려옴이란 요컨대, 내 안의 '설움'덩어리가 '고갱이'라는 환한 속살로 변하고, 타자

102

가 우리에게 완전히 열리는 순간이다.

이처럼 전윤호 시인에게 '타자'는 '존재-함'의 절대적 근원이다. '함께-살아감'의 필연적 원인이자 본질이며, 탄생과 죽음에 이르는 존재들의 순환을 이끌어내는 친숙하면서도 낯설고 부드러우면서도 섬뜩한 생활세계. 슬픔과 고통, 기쁨과 환희가 개시되는 곳이며 시인의 문장이 발원되는 뿌리이자 양심의 단호한 목소리가 출현하는 곳이다. 시인은 노래한다. "별들은 서로 만나지 못해 빛난다/ 어쩌다 전화기 들어도/ 서로 다른 말로 독백/ 별들은 혼자여서 살아있다"(「겨울 하늘」)고. 별들이 빛나는 까닭이 "서로 만나지 못"하기 때문이라면, 그 간절함이 거듭될수록 스스로 내는 빛은 영원에 닿는 것이다. 그리고 우리는 바로 이 장소들에서 그가 소박한 일상과 자연, 그리고 사물들의 숨겨진 영역을 편중하는 시인의 내면을 읽어낼 수 있다. 우리는 타인의 얼굴에서 죽음을 만나듯(레비나스), 그 생생한 표정에서 시인은 자신의 시-문장을 만나는 것이다

2

만일 시인이 문장의 산출-주체를 타자로 설정하고 있다면, 문장의 발화-주체 또한 '타자'로 전향된다. 타자들이 어울려 함께 생활하는 세계의, 차고 넘치는 무수한 시선과 목소리, 이념과 생각들이 시가 생성되고 읽혀지며 낭송되는 근원이라는 것. 여기서 '시인'이라는 주체는 근본적으로 타

자의 출현으로 만들어지며 그의 언어는 타자들이 생생하게 살아 숨쉬는 삶의 모든 지평으로까지 확대된다. 그의 시는 세계의 주관적 내면화라는 고립의 단조로운 정물화로써의 서정시가 아니라 시인 자신이 가진 모든 세포를 활짝 열어 놓고 타자의 언어와 리듬, 그리고 형상과 모양까지 받아들이고 공명하는 충만한 신체polyglossia로써의 '서정시'다.

그런 의미에서 전윤호 시인의 문장은 타자-속-에서 완성된다. 시란 항상 타자의 언어이며, 시인은 이 '언어'를 받아들임으로써만 비로소 문장으로 직조할 수 있다는 것이다. 이때 타자란 다른 사람들과 더불어 깨어 있고 서로 연결되며, 온갖 커뮤니티를 만들어내면서 생활하는—시인 자신을 포함한— 실존들이다. 그렇기 때문에 타자로 향한 언어 혹은 타자에서 발현되는 언어는 다중성多衆性을 띨 수밖에 없으며, 모든 존재에게 닿아 그들을 따뜻하게 아우르는 저녁의 만종晩鍾과도 같다.

시인은 스스로를 "평생 끌고 온 자전거", "발을 멈추면 쓰러지는 한생"(「물속의 자전거」)으로 일컫는다. 세계-속-에서 '나'란 존재는 '혼자'로서 던져져 있지 않다. 자전거와 시인이 함께 일으켜 세웠던 혼자들이 더불어 함께하는 삶으로서 세계를 결의한다. "오래 바라보아도/ 알 수 없는 네 마음/ 힘들면 내게 기대렴/ 나는 다 마셔버렸으니/ 더 탕진할 아픔이 없어/ 너에게 두 팔을 벌리"(「강에게」)기도 하며, "지렁이가 묵으면 뱀장어가 된다는 사람들은 몰라/ 어느 천둥 치는 날 하늘로 오른다는 걸/ 그때 기다리며 온몸으로

시 쓰네"(「민물뱀장어」)라는 지독한 슬픔과 고독마저도 묵묵히 내면화하고 치유한다. 겹쳐졌고 스며들었으며 압화押花됐다가 봄의 탄력처럼 다시 충만해지는 존재들의 능동적 발현, 그것이 전윤호 시인이 만들어낸 언어의 성채城砦이자 그가 물러나 있는 장소다.

3

그러므로 전윤호 시인은 언어의 지형도에 민감할 수밖에 없다. 타자에게 닿고 그들을 받아들이는 방식은 언어의 직관적 영역이며, 시인 자신을 타자 속에서 재발견하는 '마음-씀'이자 그가 평생을 다해 지켜온 윤리와 의지이다. 여기서 시는 시인의 '말'이 이끌어내는 존재들의 실존이자 근거로 산출된다. 따라서 우리는 전윤호 시인의 문장을 읽어내면서 그 문장들의 부름과 시작이 어디이고 또한 그 출처는 누구인지를, 그리고 어디로 향하고 누구의 심장에 닿는지를 질문해야 한다. 이 사태를 요약하면 다음과 같다: "문장을 생성하고 발화하는 주체는 누구이며, 그 지향은 누구에게 닿는 것일까."

앞서 말했듯, 시인의 만들어내는 문장은 '존재들의 능동적 발현'으로 충만하다. 그런데 그것은 우리가 삶을 영위하는 생활세계에서 오며, '존재-하다'라는 동사의 적극적인 펼쳐짐과 함께 실현되는 것이다. 타자는 바라보고 살펴야 하는 감각의 대상이 아니며, 오히려 시인의 경험을 생성하고 문장을 발화하는 주체다. 사정이 이러하니 문장 생성과 발화의 주체는 타자라는 것이 명확해지며, 그 지향은 바로 시인 자신에게로 향하게 된다.

다시 말하자. 그의 시는 세계를 감각적 대상으로써 내면화하는 자 곧 시인 자신의 '말'이 아니라, 그 주관 속에서도 낯선 세계를 여는 타자들의 언어이며, 이 '언어'는 타자에 대한 책임 혹은 '빚'으로써 시인에게 닿는다. "그래 알고 있어/ 이 모든 사달은/ 등 돌린 네게 태풍이 온 탓이지/ 함부로 떠난 내가 벌 받는 중이지"(「동면에 내리는 비」)라고 쓰거나 "우리는 피고가 되어/ 고개 숙이고 강둑을 걸어간다/ 저 끝에 그 사람이 기다리는/ 처형대가 있을 것이다"(「무서운 연애」)라고 고백하는 이유가 여기에 있다.

　　겨울 오니 살겠네
　　푸른 손으로 춤추던 나무들
　　잠 속에서 울던 벌레들
　　따뜻한 척 손 잡던 햇빛도 떠났네

　　가구에 씌우는 하얀 천처럼
　　눈이 내리네 펑펑
　　그만 가라고 지워지는 기억들

　　이제 사랑은 사람에게 머물지 않고
　　남은 시간은 마지막 악보를 넘기니
　　이 얼마나 다행인지 겨울이 온다는 게

차가운 네 속에 얼어붙었네

—「동면」전문

　겨울이다. 죽음처럼 풍경들이 까마득히 물러나고 있다. 구름과 별도, 바람과 숲도, 냄새와 두께도 빙하처럼 단단해지는데, 그들의 동면은 아주 조금씩 소진될 뿐이다. 역설적으로 겨울은 용광로와 같다. 눈에 보이지 않게 함으로써 은폐하고, 은폐함으로써 금지하기 때문이다 "우물 얼리는 설움과/ 마음 무너뜨리는 폭설"(「겨울」)의 겨울은, 단순함 외에 그 어떤 수사修辭도 허용하지 않기 때문이다. 가장 늦게까지 눈을 뜬 '결핍'이자 결말 없는 '결말'로서 장소의 부재인 것. 그런데, 시인의 문장은 뜻밖에도 "겨울이 오니 살겠네"다. 무슨 이유일까. 비밀은 그 문장의 주체가 누구인지 밝히는 것에서 시작한다.

　우리는 문장 생성과 발화의 주체를 시인으로 쉽게 환원한다. 용광로처럼 주체가 그 속에 녹아들어 있으니 그런 환원은 당연하다. 그렇지만 면밀히 살펴보면 미세하게 어긋나고 균열되는 경우가 많다. "겨울이 오니 살겠"다고 말한 이, 시인에게 그 문장을 건네준 이는 과연 누구일까. 겨울이 오고 마지막 온기마저도 거두어질 무렵 척박한 겨울에 이르러서야 비로소 '살겠다'고 되뇌는 사람은 누구였던 것일까. 시인의 문장 속으로 스며들어 투명해지고, 더 먼 곳을 향하는데 겨울을 반겨야 하는 모진 생生에는 어떤 사연이 숨어 있는 것일까. 겨울은 온갖 소리들을 침묵으로 돌려세우면서 대지의 모든 사물들을 두껍고 단조로운 흰 천으로 덮고 있는데.

다시 겨울이다. "푸른 손으로 춤추던 나무들/ 잠 속에서 울던 벌레들/ 따뜻한 척 손 잡던 햇빛도 떠났"다. 겨울이 오니 사랑도, 이제는 사람에게 머물지 않는다. 사물 안에 깃든 영혼도 남김없이 사라졌다. 마지막 장의 악보처럼, 페이지를 넘겨버리면 어떤 여백도 없다. 그러나 겨울이다. 겨울은 시간을 돌려세우고, 권태와 무기력이 자리잡을 수 없을 만큼 지상의 모든 것이 흑백으로 갈라 세운다. 멈춰선 듯하지만 이미 모든 것은 자기-속-으로 맹렬하게 빨려들어가고 있다. 껍질 속의 알과 같은 이 뜨거운 '자기-속-으로' 당신이 흡입되는 것이다.

따라서 '겨울이 오니 이제야 살겠다'는 발화는, 타자들이 자신에게 던져진 비밀을 풀고 타자 그 자체로 완연하게 발현되는 생생한 표현이다. 겨울을 매개로 온전한 '나'로서 더욱 선명해지는 것은 오히려 주체로서 윤리와 책임을 더욱 공고히 하는 일이다. '자기'를 지키는 것이 퇴락으로 정초되는 비본래적 일상에서 우리가 실존의 의미와 가치를 되새기는 유일한 방법이라면, '동면冬眠'은 그 최적의 상태가 아닐까. 훗날 "봄이 지뢰를 밟아/ 사방에 꽃들"(「꽃전사」)을 터뜨리고, 꽃잎마다 맺힌 이야기들이 한꺼번에 쏟아질 때의 활력이 그 문장에 내재한다. 거듭 말하지만, "바위에 스민 달이 옥이 되듯/ 내게 자라는 설움도 광맥"(「달빛사」)으로 변신하는 순간의 몰입과 매혹 말이다.

신도 동네마다 이름이 달라

다르게 부르면 해코지하는데

밥은 사투리가 없다

이 땅 어디나 밥이다

함께하면 식구가 되고

혼자 먹어도 힘이 되는 밥

어떤 그릇을 놓고

어떤 수저를 펼쳐놓든

김이 오르는 밥 앞에 모두 평등하니

이보다 귀한 이름이 더 있겠나

논이 부족한 제주도에서

쌀밥은 아름다워 곤밥이라 부른다니

사랑하는 사람이여

우리 밥이나 함께하자

—「고운밥」전문

   타자를 향한 몰입과 매혹은 '밥'이라는 이름을 함께 나눌 때의 정겨움과 동일하다. 동네마다 이름이 바뀌는 '신'과는 달리 유독 '밥'에는 사투리가 없다. 이 땅 어디서나 '밥'으로 통한다. 입술을 조금 떼었다가 빠르게 닫아야 하는 조급함도, '밥'이라는 이름이 완성되는 순간 느슨해질 뿐이다. 밥을 함께할 때는 식구가 되고, 혼자 먹어도 힘이 된다. 존재들이 존재들-로써 자신을 지키도록 만드는 '밥'은, 확실히 모든 사람들이 지향하고 꿈꾸는 공동체의 이념과 의지를 만들어낸다.

제주도에서 쌀밥을 곤밥이라 부르는데, 논이 부족해서 쌀이 풍족하지 않기 때문이라 한다. '밥'과 '곤밥'의 차이는 한번 더 형용하느냐 마느냐의 차이다. "어떤 그릇을 놓고/ 어떤 수저를 펼쳐놓든/ 김이 오르는 밥 앞에"서는 모두 평등하다. 사람들을, 주체와 타자 할 것 없이 모두 타자로서 만들어버리는 이 귀한 이름은 "저 밝은 빛을/ 땅속에서 끌어올리는"(「감자꽃」) 감자꽃과 같지 않는가. 동면에 듦으로써 제 속의 존귀함을 일깨우는 존재들처럼 '밥'과 '감자꽃'은 모두 세계를 아우르고 둘러싸는 단단한 결속이다.

마지막에 시인은 "우리 밥이나 함께하자"고 말한다. 이보다 더 따뜻한 '말'이 있을까. 매일 밤, "언제나 새로운 별이 뜨"(「서면 호수」)기 때문에 우리의 삶은 앞으로 나아갈 수 있는 것이다. 삶이 그러하므로 타자 속에서, 타자를 통해 타자와 같이 자기를 돌보고 배려하는 강렬한 공동체의 이름이 '밥'에 있다. "봄이 온다 저 무성한 안개 너머/ 아침은 벌써 시작됐고/ 달력이 한 장 새로 찢기며/ 누군가 초인종을 누"(「삼월」)르는 수줍은 기쁨과 웃음 같은.

4

이제 우리는 시인이 향하는 타자들과, 또한 그가 유독 집중하고 보듬어 안으며 세심하게 보살핀 그들의 언어와 감정과 기분을 살펴야 한다. 이것이 타자에게서 밝혀내야 할 전윤호 시인의 두 번째 질문이다. 다만, 본격적으로 그 질문을 다루기에 앞서 우리는 시인이 택한 '장소', 곧 춘천이라는 공간이 어떤 방법으로 문장 속에서 변증되는지부터 살펴야 한다. 왜냐하면, '춘천' 또한 시인이 정립하는 타자의 한 양상이고 춘천을 통해 타자들이 새롭게 배치되기 때문이다.

시 제목들이 강하게 암시하는 것처럼, 이번 시집은 온통 춘천 색으로 물들어 있다. 춘천의 안개와 물과 사람과 색깔과 냄새들은 타자들에게 작용하며 익명으로 내던져질 위기로부터 구원한다. 그런 면에서 춘천은 타자의 한계이자 주체의 갈라진 틈이다. 요컨대, 한계를 갖기 때문에 타자는 개별자로 존재할 수 있으며 갈라진 틈이 있기 때문에 주체는 타자를 받아들인다는 것.

무엇보다 춘천은 "평생 취해 살다/ 속 버리고 이사온 동네"(「해장아파트」)라는 '퇴락'의 도시로 등장하지만, "내가 아는 사람들은 모두 떠나고/ 맨 끝자리에 혼자 앉은 조문객"(「십일월」)이 맞닥뜨린 진정한 고독 속에서 '안개'라는 순수한 슬픔의 더미로 각인되고 있다. 그런데 그 '슬픔'이 심상치 않다. 그것은 이별의 결과나 늦은 오후의 혼자 황혼을 바라보는 외로움이 아니라 존재-함이라는 실존의 근본적인 조건이기 때문. 춘천은 시인이 물러나는 장소고 다시 바라보는 시선이며 그로 인해 새로 각인되는 통증들이다. "탁자에 꽃잎이 무성히 쌓이면/ 찬 비 한번 더 실하게 내리고/ 아무도 없는 그늘에/ 자두가 열리"(「이 별의 속도」)는 존재들의 충만함이다.

> 수천 년 봉인될 슬픔은
> 춘천 샘밭 어딘가 가라앉았네
>
> —「상형문자」부분

이 짧고 명징한 문장은, 시인에게 '춘천'이 어떤 장소인지를 분명하고 구체적으로 보여준다. 시인에게 춘천은 무엇보다 슬픔의 더미다. 샘밭 어딘가에 버려져 가라앉을, 수천 년 봉인될 슬픔 말이다. 봄에도 겹겹이 눈이 내려 쌓이는, 춘천은 "다리가 많아 서러운 도시"(「안개곰」)다. "크지도 않은 나라 가슴께/ 더 올라가지 못하는/ 슬픈 삼월"(「봄눈」)이고, "탯줄 자를 때부터/ 아물지 않는 상처"이자 "가려지지도 않고/ 낫지도 않아/ 그저 참다가/ 또 다른 이별을 살"(「풍물시장」)아야 하는 숙명의 문장들이다.

> 벚꽃이 이리도 환하게 지다니
> 오늘은 이별이 있어도 되겠네
> 차마 손 흔드는 가지에서
> 젖은 길바닥까지
> 하얀 이 드러내고 웃는 꽃잎들
> 세상이 이리도 예쁘니
> 슬프다 울 수도 없겠네
> 이제 낡은 다리 건너 떠나니
> 그대는 맘 편히 열매 맺으시라

잎 지는 가을 돌아와 꼭 껴안고

얼어붙어 겨울을 함께하겠네

─「환한 이별」 전문

춘천이다. 공지천을 내리누르던 안개도 걷히고, 벚꽃이 흐드러져 있다. 대낮인데도, 벚꽃은 태양을 분별할 정도로 밝다. 시인은 페달을 잠시 멈추고, 대기의 흐름을 따라 결을 바꾸는 녹을 수 없는 눈송이들을 바라본다. 문득, 시인은 생각한다. 벚꽃이 환한 이유가 '이별'마저도 찬란하게 보내겠다는 의지가 아닐까. 어제의 기억처럼 선명한 '이별'이 있다면 바로 오늘이어도 좋겠다. 차마 손을 흔드는 가지에서 '젖은 길바닥'까지 꽃잎은 하얀 이를 드러내고 웃는다.

"눈이 없는 새들이 집을 팔고/ 이삿짐을 옮기는 오후"(「하얀 새」)라 해도, 춘천은 이리도 예쁜 것이다. 시인은 벚꽃이 흩날리고 내려 쌓이고 다시 공중으로 튀어오르는 풍경에서 이상하리만치 투명한 슬픔을 느낀다. 시인 자신이 유려한 흐름 속으로 이끌려 들어가는 기분이다. "함께 춤출 사람 있을까/ 세상 지운 안개 속에/ 다시 찾을 노래 있을까"(「봄의 왈츠」)라며 자조하던 어제와는 완전히 다른 계절이다. 슬프다고 마냥 운다면, 봄은 이별을 어여삐 여기지 않을 것이다. 그러므로 '나'는 봄을 밝히는 꽃잎의 악보에 맞춰 함께 흘러야 한다.

그렇다. 여기는 춘천이다. "혼자 걷는 우주"(「감기가 오는 저녁」)다. 이제 낡은 다리를 건너서 더 슬픈 계절로 가야 한다. 이제 그만 눈물을 흘리라고 말해도, 춘천은 더 깊고 서늘한 울음을 준비한다. 시인은 '시간'이라는 페달을 멈추고 이 모든 풍경을 바라보고 있다. 지금까지 그래왔으며 앞으로도 그러할 춘천에 대해, 모진 고통을 감내하며 자기-완성을 준비하는 타자들의 성지에 대해 그는 노래한다. "그대는 맘 편히 열매 맺으시라/ 잎 지는 가을 돌아와 꼭 껴안고/ 얼어붙어 겨울을 함께하겠네"(「환한 이별」)라고.

5

　전윤호 시인에게 '춘천'은 타자가 실존으로 발현되는 자기-완성의 장소다. 그곳은 윤리와 책임이 존재-함의 조건이 되며, 시와 음악이 근원적으로 개시되는 곳이다. 세계-속-으로 나타나는 것에 만족하지 않고, 함께 살아감의 단호한 태도를 취하는 곳이다. 춘천에서는 "자전거처럼 정직했으면 좋겠어/ 힘들게 언덕을 오르면/ 쉬운 내리막길이 나오는/ 자전거처럼 달리면 좋겠어/ 뒤돌아보지 않고/ 멈추지도 않는 직진/ 자전거는 자전거를 사랑하지 않고/ 자전거는 자전거를 속이지도 않아/ 자전거는 페달을 밟으면 달릴 뿐/ 자전거는 자전거를 죽이지도 않지/ 이 길은 어디까지 이어질까/ 자전거처럼 사라졌으면 좋겠어"(「멈춘 것을 위하여」)라는 느닷없는 고백이 자연스럽게 생활 속으로 포용된다. 이미 춘천과 곁을 나누었으니, 그곳을 딛고 살아가는 타자들과의 시인의 융해融解는 더 말할 것도 없겠다.

여기서 우리는 시인이 향한, 그리고 시인에 갈망하고 받아들이며 내면화하는 '타자'들의 정겹고 눈물겹기도 한 모습들을 볼 수 있다. 강조하지만, 시인의 타자는 그가 바라보는 감각적 '대상'이 아니라, 서로 살과 뼈를 나눠가지는 실존 그 자체다.

지상엔 한 평도 가지지 못했지만
그저 국사발만 한 화분에
도지 내고 원고 일구는 처지지만
붉은 꽃 한 송이 욕심은 있지

먼 곳 볼 때마다 머리 잘리고
도망을 들킬 때마다 끊어지던 뿌리들
온몸을 철사로 꽁꽁 묶인
나는 누구의 분재인지

이 생에 아쉬움은 한 점도 없지만
묵정밭 옆에 지게 세울 때
마지막 힘을 다해 던져버릴
단단한 화분 하나 있으니 됐네

―「못난이 분재」전문

시인은 자신의 처지를 '못난이 분재'에 빗대어 고백한다. "지상엔 한 평도 가지지 못했지만/ 그저 국사발만 한 화분에/ 도지 내고 원고 일구는 처지"라고. 글을 팔아 근근이 살아가는 사람들에게 도지 내고 몇 장의 원고를 일굴 수 있는 한 뼘의 땅은 목숨과도 같다. 그의 문장들이 향하는 현실은, 그러나 단지 퇴락頹落만이 아니다. 그 '목숨'을 지키는 것은 존재-함의 숙명이지만, 비좁은 화분에서 '붉은 꽃 한 송이'를 피워내겠다는 의지는 온전히 시인의 몫이므로, 퇴락과 욕망이, 희망으로 변증되는 장소가 바로 '못난이 분재'로 변증되는 것이다.

비록 그가 "먼 곳 볼 때마다 머리 잘리고/ 도망을 들킬 때마다 끊어지던 뿌리들/ 온몸을 철사로 꽁꽁 묶"인 분재라는 것을 스스로 확인해도, 미래는 현재를 향해 활짝 열려 있다는 것은 부인할 수 없다. "묵정밭 옆에 지게 세울 때/ 마지막 힘을 다해 던져버릴/ 단단한 화분 하나 있"다는 것은 "남의 이야기에 묻히고 싶어/ 시작도 끝도 아닌/ 중간에 대충 나오고 싶어/ 어차피 주인공이 아니니/ 인상적인 부분도 없고/ 슬픈 죽음도 없겠지/ 그래도 노래는 청승맞게 부"(「OST」)겠다는 실존의 자기 확인이며, "독방에 갇힌 별들 깜박이는 밤/ 좌표 잃은 우리는 서로/ 어디쯤 흘러가는지/ 보고 싶다 속삭이면 새가 날고/ 젖은 편지 위로 꽃이 진다"(「기별」)는 겹겹이 쌓여 무거워지는 슬픔이다.

시인의 타자들은 '살아 있음'의 어찌할 수 없는 퇴락을 견뎌야만 하는 존재들이다. 나의 이웃이자 가족이고 곁을 지키는 소중한 자연과 사물들이다. "헐어버린 담 붉은 낙서 균열을 먹고 뻗어가는 덩굴들"(「겨울 샘밭」) 혹은 "떨어지자마자 사라질/ 작고 하얀 글자들"(「샘밭에 시가 내린다」)
이다. "찬밥덩이 햇볕 꾹꾹 씹어 삼켜/ 푸른 싹 틔우"(「물속
의 나무」)는 희망의 편지들이며, "해도 달도 없이/ 사방 어
둠"(「사막여우」)더라도 "두꺼운 가죽 뒤집어쓰고/ 가끔은
밖에도 나가"(「병 속에 담은 편지」) 사방을 호흡하는 "아무
도 거짓말하지 않는 착한 밤"(「착한 밤」)의 별자리들이다.

그러므로 목숨이란 "영하 십칠 도의 아침/ 29억 톤짜리
악몽에서 깨어/ 서리꽃 핀 산을 바라"(「소양댐」)보는 힘이
다. '악몽'을 흔들어 깨우며 존재-함의 그 놀라운 부름에 답
을 하는, 시인이 자산의 삶으로 증명하는 그것은 존재-함의
위대한 인내. 바로 여기서 시인은 자기 자신과 만나게 된
다. 타자로 향한 모든 언어들이 타자와 함께 완성되며 시인
에게 다시 돌아오는 것이다.

영하 십칠 도의 아침

29억 톤짜리 악몽에서 깨어

서리꽃 핀 산을 바라본다

123미터도 부족한가

평생을 가둬놓기엔

자갈과 모래로 다진 530미터 벽 아래

여전히 얼지 않는 저 거대한 슬픔

강으로 흘리는 눈물 천 리를 가는데

후회로 묶여 흔들리는 배 한 척

이제는 알겠다 사랑하는 사람이여

평생을 돌아오지 못한다 해도

슬픔도 깊으면 힘이 세진다

―「소양댐」전문

　영하 십칠 도의 아침이다. 바람만 스쳐도 눈물이 얼어버리는, 이 칼날의 도시에서 살아간다는 것은 도대체 무엇일까. 그 삶의 무게마다 얹히는 안개와 눈과 숲과 바람을 뚫고 심장으로 곧장 진입하는 그 29억 톤짜리 악몽에 맞서 우리가 할 수 있는 일이 있을까. 막막하다. 서리꽃 핀 산을 바라보며 그 답을 생각해보지만 쉽사리 풀리지 않는다. 하지만 소양댐이 온힘을 다해 막아놓은 강물은 얼지 않는다. 내게 던져진 29억 톤의 악몽, 그러나 그것도 강의 유연한 흐름과 고여 있음의 용광로와 같은 내력을 어쩌지는 못한다. 자갈과 모래로 다진 530미터 벽조차도 강물의 깊은 수심을 헤아리지 못하니 그럴 수밖에.

　그러나 강은 안다. 자신이 여전히 얼지 않는 이유를, 옛날에도 그랬지만 앞으로 결코 얼 수 없는 이유를 말이다. 그것은 강으로 흘러들어온 눈물 때문이다. 강으로 흘러와 강과 함께 천 리를 가야 하는 후회와 고뇌, 의지 때문이다. 태어났으므로 살아야 한다는 모질고 질긴 숙명 때문이다. "평생을 돌아오지 못한다 해도" 그것은 슬픔의 가장 고귀한 침묵이다. 시인은 여기서 타자들에게 고여 있던 자신의 단호한 이념을 꺼낸다; "슬픔도 깊으면 힘이 세진다."

　그렇다. 슬픔도 깊으면 힘이 세지는 것이다. 작고 은밀하고 부드러우며 사소한 목숨들이지만, 그것을 보듬고 같이 울어주고 인내하며 더불어 깊어지는 것은 온전히 시인의 몫이어야 한다. 물러설 줄 알기 때문에, '함께'라는 단어가 가장 잘 어울리고, 그 슬픔의 깊이와 힘을 느낄 수 있는 것이다.

6

어느 날 시인은 사소한 질문 하나를 받는다. "시인은 어떤 사람인가요?" 그는 질문을 뒤로 하고, 질문하는 이가 건네준 시와 문장을 읽는다. 시인이 지나온 골짜기와 강들이 고스란히 남아 있다. 끝없이 추락하던 골목과 울며 지새던 다락방까지. 서둘러 건너온 시간들에 여전히 쌓여 있는 자신의 위악僞惡도 활짝 열려 있다. 불 같던 청춘의 일기장을 보는 듯했다. 시를 쓰면서 30년이 넘도록 되새겼던 이 질문은, 어쩌면 부질없을지 모른다. 왜냐하면 시인이란 슬픔을 가둔 거대한 소양댐이고, 춘천의 안개와 눈과 숲과 바람이며, 못난 화분들과 페달을 굴리지 않으면 앞으로 나아갈 수 없는 낡은 자전거이기 때문이다. 이제 질문에 답을 하자. "네 걱정에 밤을 지새우는 사람"(「시인」)이 있다면 바로 그가 모든 문장을 일으켜 세워 비로소 당신을 밝히는 시인이다. (*)

박성현. 시인. 2009년 중앙일보 등단. 시집으로 『유쾌한 회전목마의 서랍』이 있다.

현대시세계 시인선 114

슬픔도 깊으면 힘이 세진다

지은이_ 전윤호
펴낸이_ 조현석
기   획_ 고영, 박후기
펴낸곳_ 북인
디자인_ 푸른영토

1판 1쇄_ 2020년 06월 27일
출판등록번호_ 313 - 2004 - 000111
주소_ 121 - 842 서울 마포구 서교동 467 - 4, 301호
전화_ 02 - 323 - 7767
팩스_ 02 - 323 - 7845

ISBN 979-11-6512-114-3 03810
ⓒ 전윤호, 2020

이 도서의 국립중앙도서관 출판예정도서목록(CIP)은 서지정보유통지원시스템
홈페이지(http://seoji.nl.go.kr)와 국가자료종합목록시스템(http://www.nl.go.kr/
kolisnet)에서 이용하실 수 있습니다. (CIP제어번호 : CIP2020024027)

이 책은 강원도, 강원문화재단 후원으로 발간되었습니다.